KB177372

아득하다, 그대 눈썹

이 도서의 국립중앙도서관 출판예정도서목록(CIP)은 서지정보유통지원시스템 홈페이지(http://seoji.nl.go.kr)와 국가자료종합목록 구축시스템(http://kolis-net.nl.go.kr)에서 이용하실 수 있습니다.
(CIP제어번호 : CIP2019048920)

지혜사랑 212

아득하다, 그대 눈썹

전민호

지혜

시인의 말

욕실 방충망 쪽에
줄을 치고 웅크린 거미를
바깥으로 던졌습니다.

오래 가슴속에
그물로 가두었던 詩들을
세상에 풀어줍니다

그저 고맙고
두루 감사합니다

2019년 초겨울
전민호

차례

1부 말씀

2부 새벽 이슬로 흐르는 江

3부 눈은 부서져 내리고

4부 벼루도 묻어야지

9

• 일러두기
  한 연이 첫 번째 행에서 시작될 때는 > 로 표시합니다.

1부

말씀

가을별사別辭

가을은
아까운 것 지천이다
햇살 아래 애기 고추잎
무량사 일주문 지나 홍시

가을은
가고픈 곳 첩첩이다
땅끝 마을 호젓한 항구
휴전선 가까운 파로호 물안개

가을은
그리운 것 투성이다
산 너머 어린 시절
오갈피 나무집 그 아이

가을은
눈물 범벅이다
갈대를 꺾고 가는 바람
엄마 잃은 아홉 살 울 엄마

말씀

에미야
젖은 옷 입지 마라
그래야 누명 안 쓰고 산다

에미야
부뚜막은 물기가 없어야 한다
그래야 빚 안 지고 산다

에미야
행주는 꼭 짜서 말리거라
그래야 애비가
술에 젖어 들어오지 않는다

약손

니 손은 털 손이고
내 손은 약손,
어릴 적 아픈 배를 쓸어주던 어머니

아프다는
너의 배를 쓸어주며 왼다
내 손이 약손이다
내 손이 약손이다

함박눈

눈이 내리는데
눈은 펑펑 내리는데

보고픈 울 엄마도 오셨으면
마음이 굴뚝같아
눈송이를 손바닥에 받아본다

금세 녹고 마는 엄마 눈물
그 위에 포개지는
내 눈물

쑥

그저 쉬고 싶은 날
뒷쪽재에 계신 엄마 만나러
그림자 업혀 산소에 간다

잔디 속에 엉켜 있는 솔잎을 긁어
떨구었을 소나무 아래에 붙여 놓는다
빗돌을 만지고 상석을 닦고
이런저런 사연 일러바치느라
오래 절을 하다가
엄마 무덤에 무더기로 난 쑥을 뜯는다
돌아와 한 줌은 쑥국을 끓이고
한 움큼은 청주로 훈증하여 말린다

지쳐 쉬고 싶은 날
쑥차를 끓여 마시는데
저기서,
아부지 손잡고 엄마가 오신다

영혼이 영혼에게

당신
살려줬으니
이제는
나 좀 살려줘

그래
그래야지

서로
살리라고 누군가
보냈겠지

독작獨酌

마포나루에서
달 항아리 바라보다

달빛 등진 주점에서
탁주에
취하다

어느 부부의 저녁

멀리 가지 마
나이가 적지 않아요.

걱정 말아요
앞이 흐려 와도
문 밖에 나가 기다릴 수 있어.

후회는 그만 해
누구나 그럴 수 있지요.

아프지 말아요
그럼 내가 더 아퍼
걸을 수 있어야 꽃구경 가지.

저기 노을 좀 봐
얼마나 고와요
바쁘던 청춘이 포구에 걸렸네.

그만, 어여 자요
밤이 깊었어.

겨울냉면

아부지는
하루걸러 투석을 하시고 나면
꼭 냉면이나 막국수를 드신다
메밀이 당뇨에 좋다고 그러신다
하루는 큰딸 지은이를 데리고 갔다
셋이서 맛있게 먹는데
아부지가 갑자기 헛구역질 끝에 토하셨다
딸은 물수건을 드리고
나는 비닐봉지를 가져오고
민첩한 순간이 지나갔다
딸에게 왠지 미안하다는 생각,
지은이가 말했다
할아버지 저두요
가끔 냉면 먹을 때 헛구역질이 나요
목젖 근처를 매운바람이 지나갔다

토광

토광을 열면 토광
냄새가 먼저 반기네
내 유년의 향기

막내딸도 말했지
토광냄새가 좋다고

토광을 열면
토광 냄새보다
먼저 튀어나오는
셋째 딸 채은아

봄날의 서사

황산벌
거리거리에
개나리 벚꽃 만발하다

수년 전
고을을 살피실 제
심고 가신 아버지가
꽃으로 오셨다

봄날은
화사한데
뚝뚝, 날리는 눈물꽃

알겠습디다

곳감을 먹는데
씨가 여섯 개나 나왔다
문득 고목일수록
씨가 많다던 할머니 생각

하루는
열리지 않는 은행나무 밑동을
아버지가 톱질을 하시면서
내년은 열릴 거란 말씀

어둔 밤 산행을 하는데
대둔산 절벽에 아찔한 소나무
랜턴에 비친 자잘한 솔방울들
벼랑 끝 위태로운 사랑

자귀꽃

민들레 홀씨
먼 하늘 떠돌다
자귀나무에 앉아 꽃이
되었습니다

연분홍 섬모 풀풀 날리며
스스로 돌아와 자귀꽃으로
피었습니다

어린 시절
데부뚝서 헤엄치다
가만히 물에서 본
아슴했던 꽃

돈암서원 지나
과선교 근처에
무더기로 피었습니다

세상 건너가면서
그 꽃만 멀어진 게
아니었습니다

>

담장 너머
자귀꽃처럼 서 계시던 엄마

가을에 부친 편지

가을 길은
뒤로 넘어져도 좋아
하늘을 실컷 볼 수 있으니까
너도 서럽거든 하늘을 보렴
설운 일 흩어지고
웃음이 나지

가을 산은
앞으로 넘어져도 좋아
낙엽을 실컷 볼 수 있으니까
너도 외롭거든 산으로 가렴
외론 일 사라지고
웃음이 나지

다시 구월

구름 그림자가
담쟁이 담을 타고 갑니다

바람은 솔잎 사이를 지나갔지요
잊겠다고 곧게 걸었던 길에서
머뭇거릴 때
강둑을 범람하던 안개는
문 밖에서 사라졌습니다

어둠보다 먼저 온 노을처럼
그대는 내안에 있다가
서린 얼굴로 맞아주었습니다
계절 모르던 청춘

바바리 옷깃은 낡아 가는데
살아가는 일은 여전히 서툴고
다시 구월은 와서
해거름 골목길 서성입니다

사월창가

밤비 다녀가
흰 저고리 넙니다

풀 속 제비꽃
초롱빛이 납니다

먼 데 산 꿩은
목이 쉬어 웁니다

꽃잎 하도 져
주저앉고 맙니다

그냥 가자고
햇살 밀어 줍니다

버들 연초록
흔들리나 봅니다

사월 아픈데
바람 분다 씁니다

혼자 가는 봄

젖은 산길

부는 솔향기

가지를 건너는 새소리

산벚꽃 두런두런

데워진 바람

눈 내린 아침

새들도 좋은가 보다

논 건너 대숲에서 새소리 요란하다

그렇구나
나무들도 좋아서
눈을 털지 않는구나

어린 사랑

흔들리는
불을 켜고
네게로 간다
문 앞에서
너를 불러
담장보다 낮게
웃어 주고는
두근두근
불을 끄고
집으로 온다

태풍이 지나간 숲

태풍이 지나간 숲은
핼쑥하다

푸른 잎새를 솎아내고
생가지를 꺾어
햇빛이 들이치는 숲은
헐렁하다

누가 알까

잎새를 솎아
풀잎은 이슬을 먹고
잘려나간 가지로
어린 나무가 자란다는 것을

태풍이 지나간 숲은
찬란하다

난초

그다지
정 주지 않았던 난초가
등 뒤 탁자에서
연거푸 꽃대를
밀어내고 있습니다

뒤돌아 꽃을 볼 때마다
미안합니다
이제라도 간간이
물을 줘야겠습니다

우르르 등교하는
새끼들 모습을 보다가
돌아 설 때마다
미안합니다

이 또한 지나가기에

눈 오고 추워 아랫목에 있는데
고단한 날들을 쉽게 견디려는지

산수유 피어 설레고 기쁜데
행복한 순간이 그냥 스쳐 가는지

무성한 청춘은 산하에 가득한데
못 오는 시절, 쓸모없이 보내는 건지

구월은 와서 보고 싶어 갔는데
그리운 모습은 이대로 잊어지는가

저녁 무렵

저녁이 기다려집니다.
서둘러 집을 나간 새들도
홀홀히 잿빛 물고
대숲에 깃드는 무렵
낮달을 두고
먼저 잠이 든 적 말고는
그대 젖은 그리움도
따라 나선 이유입니다

저녁이 고마워집니다.
산을 넘어간 종소리도
점점이 절룩이며
흐린 물가 건너오는 무렵
들길을 서성이던
아득한 청춘이
그대 수줍은 미소와
같이 오기 때문입니다

저녁이 설레어옵니다.
갈대를 뉘던 바람도
섬섬히 솜 빛 안개 두르고
창가에 기대는 무렵

산 뒤에서 옷을 벗는
노을을 보내고
그대 어서 오리라
서로 섬긴 까닭입니다

귀가

늦은
가을
정원에
오래
앉아
있다가

낙엽
하나
어깨에
지고
들어
온다

너라서

포구 갈대숲
이는 소리에 울적해라

연초록 잎새
송이 그늘이 포근해라

비 오는 마루
모기장 속이 아늑해라

무수한 달빛
강둑에 앉아 신비해라

바람 그림자
만지고 싶어 애태워라

2부

새벽 이슬로 흐르는 江

가을 소나기

소나기 피하다 왈칵
그리운 사람

하늘 처마 아래서
몰래 떨어진
눈물

풍경

울안에
풍경 하나를
달았습니다

바람 불어
풍경소리 들리면
설레임이 시작됩니다

그대 창가에 달린
풍경이고 싶습니다

아주
잊고 사는 건 아닌지

바람 불면
몸 부딪쳐
당신을 깨우고

그 소리 따라
나를 바라보게 하고
싶습니다

여름새

소나기 지나간 오후
아스팔트 고인 물에
하늘이 담겼다

그 속으로
빠르게 지나가는 새 한 마리

늦은 밤
먹을 간 벼루 속에
목마른 얼굴

첫 눈

너,
였,
구,
나,

아득한 곳에서
내게로 뛰어들던

고단한 길에서
네게로 달려갔던

너,
였,
구,
나,

동백

널,
사랑하니
내 안에 꽃이 펴

동백보다
붉은
꽃

사람꽃

사랑은
바람 불고
꽃이 피다가

그 사랑 깊어
바람 멎고
꽃잎 눕는다

온통 너만 불고
오직 너만 피고

네가
사람꽃이다

차茶를 마시며

우러나지 않는 것은
마음 아니다

바람 불고
물이 흘러도

마음에서 우러나야
꽃이 핀다

그 자리

백일홍
지는 꽃잎이

웃자란
코스모스
잎 새에 걸려

또
열흘 쯤
피다 집디다

새벽 이슬로 흐르는 江

새는 저녁에만 날아가는 건 아니지
새벽에 흐린 하늘을 보면 알아
별이 지는 곳으로 날아가는 새가 있어

파도가 출렁인다고 그대 오지 않아
새벽 썰물에 멀리 가보면 알겠지
발아래 그리움을 옮기는 파도가 있음을

풀잎은 바람 불지 않아도 흔들려
새벽에 숲길을 걸으면 볼 수 있어
떨어지는 이슬 무게로 흔들리는 풀잎

강물은 하늘만 업고 흐르지 않더라
새벽 빗속에 강가를 가보면 만나지
등을 적시며 흐르는 강이 있다는 것을

꽃이 핀다고 편지가 오는 건 아니야
새벽에 길 건너 우체통을 보면 알아
안개 젖은 편지 들고 돌아가는 바람

제비꽃

들에서 옮겨 온
제비꽃 몇 대궁

울안에 심어놓고
좋아하더니

저린 세월
솔잎 사이로 흘러

돌아온 빈 집
흥건한 제비꽃

심군 이 아니 와서
보랏빛 눈물

북서풍

바람 붙은 철길

억새밭 깃털

언덕을 구르는 햇살

그대인가,

안아보는 허공

이슬처럼

밀감 속
이슬처럼 살 수야 없지

봉숭아 꽃, 물든
손톱보다 짧은 생이지만

사랑하는 사람에겐
말해야지

밀감 속
이슬처럼 살아가자고

그냥

아무 때나
하릴없이
울 일이 많았으면
좋겠다.

누군가가 지켜줘서
사는 일이 감사해서
나무 뒤에
네가 있어서

고비사막

아무것도 없어서
다 잃어도 그만이다

모래 손바람

사랑 받지 못해도
사랑하면 그만이다

먼 그대

몸은
아픈 쪽으로 기울고
빗물은
낮은 데로 흐르는데

아픈 몸
가는 세월은
어디로 기울어
흐르는지

아는가

아득하다, 그대 눈썹

아득하다, 그대 눈썹
간절하게 머물던 날들
달빛에 어린 잎새
떨고 섰는 그림자

보고 싶다, 그대 이마
마주보는 목숨이던 날들
겨울은 서서 언덕을 넘는데
온기 없는 방으로 돌아올 때마다
주저앉는 슬픔

걱정이다, 젖은 치마
기적 없는 밤기차로 보내던 날들
그대 떠난 철길 위에
폭설은 내려도
묻어지지 않는 그리움

바람 길

비오는 날
산에 오르는 사람은 안다
산길이 물길이라는 것을
그 빗물 계곡으로 내려와
먼 바다에
닿으리라는 것을

바람 부는 날
혼자 들길을 걸어보면 안다
바람도 길이 있다는 것을
그 바람 골목을 휘돌아
그대 창문을
흔드리라는 것을

어둔 밤
오래 별을 본 사람은 안다
눈길이 별들의 길이라는 것을
그 별빛 눈물이 되어
누군가에 가슴에
고인다는 것을

봄과 겨울 사이

시소를 타듯
사는 게
우리들 일상이지

언 강을 보아도
그리 쉽게
가슴이 얼거나 녹슬지 않지

살다보면
겨울에 따순 날이 있고
봄에 매서운 날도 있었네

겨울 속 봄도
봄 속 겨울도
그대 있어 좋았지

너

산길
눈보라

들 미나리 바람

싸리문
코스모스

너를
사랑해서 내가
부럽다

외연도

연리지 숲으로
저녁연기가 오릅니다
몽돌해변에 파도는 여전한데

비록 육지에 머문다 해도

섬은
그대랑 닿아 있음을
아시겠지요

기도

생각나서
그립다가
눈물 납니다

당신도
끝내
눈물인가요

겨울화가

눈 내린 풍경을 그린다

돌담 바람
외양간 입김
배롱나무 분홍 그림자

방안에 있을 그대는
그리지 않아도 되는

내 안에 그려진 당신은
그리지 않아도 되는

봄비

젖은 가지
춤을 춥니다

봄비 와서
아니라

당신이 와서
춤
춥니다

동행

떠나는
가을
붙잡으려고

벗은
낙엽

옆자리에
한 움큼
실었습니다

3부

눈은 부서져 내리고

득음

비바람
천둥소리에

휘청이는
대숲 속을
새소리가 관통한다

뒷곁에서
웃는지 우는건지

절창이다

너도바람꽃

설한 달빛에 피었다고 나도바람꽃이냐

동천 달빛에 피었다고 너도바람꽃이냐

달빛에 흔들리지 않는 사람, 어디 있다고

적송

청빈하게
늘 겸손하게
뭐든 당당해야지

벽송사
저 적송처럼
멋지게 휘어져야지

해탈

속
썩으면
진다고

경계에
있어야
자유롭다고

근심걱정
내려놓으니

아침
새소리가
들린다

강아지풀

저만치 수루수루
풀잎 흔들려

가까이 다가가자
참새 한 무리

풀씨 밥 쪼아 먹고
날아가거니

어쩌랴 강아지풀
풀섶을 보매

하나도 가는 줄기
꺾지 않았네

은진미륵

속세 떠난 사내
돌아올까 기다린 여인

석문 안을 서성이는
미륵부처님

산목련

저만큼
그대도 환했지

오래 아니 본 듯
돌아서는데

꽃잎 위에 내리는
저녁

여승

절
그림자
벗어난
산기슭

진달래
꽃잎
입술
바르다

바람에게
들켜
돌아본
얼굴

온통
꽃 강물
흘렀네

발등에 지는 꽃

빈집에
목련이 피어

가다
섭니다

그대도
저리
고왔지요

발등에 지는
꽃

슬쩍 가는
봄

감꽃은 하늘에서 지고

감꽃은 땅에서 핀다
땅에 뿌려진 감꽃을 보고서야
꽃이 핀 줄을 안다

가던 길 주저앉아
감꽃 꿰어
네 목에 걸어주면
우린 그 시절로 돌아갈 수 있을까
다시는 헤어지지 않을까

감꽃은 하늘에서 지고
너 떠난 땅에서 핀다

소풍

탑정호 물결,
눈꽃보다 빛나
한 손을 흔들었지요

대명산 단풍이
봄꽃보다 고와서
두 손을 흔들었지요

스산한 바람길,
떠나는 가을에게
공손히 인사했지요

야행

구름 보름달
가리거니 벗기거니
하늘 길 가는데

달빛 그림자
갈팡질팡
밤길을 간다

풀벌레소리
들리거니 끊기거니

젖은 그림자
비틀비틀
밤길을 간다

눈은 부서져 내리고

바람도 없는데
눈이 부서져 내린다

먼 산은 눈보다
흐린 눈썹이 먼저 가리고
소식 없는 기다림으로
병 깊어 아프다

저 산을 두고 발길은
노상 우회하지만
그 길이 너에게로 가는
빠른 길임을 안다

눈은 내리고
돌아서 골목을 보면
바람도 흔적도 없는데
눈은 부서져 내리고
들어와 옷을 벗는데
먼 데 기적소리

매양 저렇거늘

그저 아쉽기로
응달진 산고랑 잔설로 숨었다가
짐짓 제 자태로 피어 오른 꽃눈

소담스런 함박눈은 목련으로 피고
구르던 싸락눈은 조팝꽃으로 피더니
잔가지에 몰아친 폭설은
벚꽃으로 날리는가

매양 저렇거늘
샛강 뚝방 길, 그대 눈 속에서
사뭇 선 채로 지고마는 눈꽃

풍년초꽃

오고가는
산들에
피는 저 꽃은

별이 지는
흐린 달
아닌 밤중에

마중 나올
우리 님
밝혀 주려고

물결 같은
은하수
점등 꽃으로

저리도
잘람잘람
피었습니다

젖은 산길

서두르면
못
보고

해찰해야
보여주는

안개 벗는
원추리
꽃

하늘 길

낮달이
떴다

낮달이
떠서
저리다

모로 가는
낮달

겨울나무 그늘

나름대로 산다
나에게 싱겁더라는 얘기도
괜찮다는 인사도 짐스러워
여긴 듯 저긴 듯
강마을 모래톱
겨울나무 그늘처럼 산다

예고 없는 슬픔이
기쁨을 앞지르기도 하고
분별없이 사는 것이 목적이라고
건네는 사람이 주인이고
불안한 경계에서
자유가 온다고

나름대로 산다
나에게 오만하더라는 말도
겸손하단 악수도 짐스러워
보이듯 보일 듯
한갓진 막사 뒤
달개비 꽃처럼 산다

백로

철새 떠나
탑정호 적적한 날

후제는 못 올지도 모르니 꽃구경이나 하고 가자고

누추한 백로 한 쌍이
후이후이
벚꽃 만발한 은진미륵 둘레를 배회합니다

먼 산 보더니

목련 아래
흑염소

골담초
갈색 눈

떨어진
하얀 꽃잎
먹고 있지요

저녁 새

노을 스미는 대숲
새들이 수런댑니다

후르르 후르르
대숲을 빠져나가
돌아온 저녁 새

난 멀리
호수에 갔었다고
난 큰 새를 만나
위험했다고

너도
임 떠난 마을에서
울다 왔냐고

별빛 스미는 대숲
새들이 잠을 잡니다

말할 수 없다

옥상에 오르니
감잎이 여러 겹 쓸려져 있다

장독대 허리춤에서
햇살은 미끄럼을 타고
함지박을 옮기자니
귀뚜리 무릎만큼 튀어 오른다

구름 몇 점
한가히 오수에 뒤척이고
멀리 볼수록
멀리 있는 사람이 그립다

차마
가을이라 말할 수 없다

젖은 치마

구월은
낮은 포복으로 온다
젖은 치마 끄시고
그늘로 그늘로만 숨어서
콩밭 열무 사이로
슬슬 기어서 온다

구월은
잠자리 등에 업혀 온다
아이들이 놀다간
빠끔 살이 섬돌 가
비단 눈동자 물을 축이고
고추잠자리
등을 타고 온다

구월은
그대가 오지 않아도 온다
아침 그림자로 온다
무심한 낮달로 온다
노을빛 그리움으로 온다

암자

산새는
대숲에서
노래를 하고

대숲은
바람불러
춤을 추더니

바람은
계단 내려와
수국에 앉다

바람

바람은
지우개다
어느 날
등 뒤에서
바람 불어
꽃잎 마르고
사랑
지운다

바람은
크레용이다
어떤 날
빈 가슴에
바람 불어
가지 흔들고
사랑
그린다

4부

벼루도 묻어야지

벼루도 묻어야지

처음부터 빈손이었지
기억나지 않아도
돌아보면 금방 아는 것

지금은 가진 게 많아
다 잃어도 본전인데
그게 왜 힘들지
버리면 홀가분할 텐데
지금이 걱정이네

다 놓아야지
벼루도 묻어야지
그 사람 찾아와도 나오지 말아야지

내일은 아무도 모르니
걱정 말고 죽어야지

못

못만 못하랴
못 하나가 천 근을 버틴다는데
가슴에 박힌 대못쯤이야
녹슬 때까지
견디는 거다
이기는 거다

시詩방

꽃잎이
나무를 떠나는지
나무가 꽃잎을 버리는지
시방 꽃눈이 날린다

나무는
꽃잎을 버리고
꽃잎은 떠나는데

오래 비어 있는 가슴에
바람이 분다

깨순네집

논이랑 산이랑 굽이치는 골목에
지픈 산골짝 경상도 가시내는
터미널 돌아 깨순네집 명찰을 달고
우리를 기다립니다

봉창 속 애환을 보여줘도 되었고
푸후 담배연기
가슴 속 인생사를 들어 준 깨순이는
우리의 연인입니다

빈 술병은 선 채로 꼿꼿한데
바람 분다 오고 눈 온다고 들어와
깨순이 저린 무릎에
우리네 세상사를 부립니다

깨순이랑 앉으면 풀어지는 어깨
빈부도 없는 소소한 웃음 너머로
노을은 갱경 포구를 흥건히 적시더니
우리들 취기는 자정을 넘습니다

어느새 주근깨는 세월에 묻히고
홍안은 오래된 창문에 어리어

그녀의 립스틱이 붉어질수록
우리 설움도 짙어갑니다

오는 그대, 가는 사람아
깨순이도 한 사내를 지독히 흠모했음을
그대도 누군가를 그토록 사랑했음을
부딪치는 술잔에 여울져 옵니다

겨울 십자가

눈 쌓인
자갈밭에 십자로
누워본다

구름 흐르고
들리는 강물 소리

얼마나 아팠을까
얼마나 두려웠을까

하늘이
고요해서
조용한 눈물

잔디위에

감잎
서너 장이
앉아있다

아침
그림자가
누워있다

가던
가을이
쉬고 있다

둘이서

더운 여름을 잘 보내는 일은
산골이나 바다가 아니다
둘이서 사이좋게 노는 일이다
그럼, 작열하는 태양 아래서도
시원하게 웃을 수 있다

추운 겨울을 잘 견디는 일은
온돌방도 난로 곁도 아니다
서로 사이좋게 노는 일이다
그럼, 눈보라 치는 들판에서도
따뜻하게 웃을 수 있다

외딴집

눈이 와 외딴집에 갔었습니다
댓잎 위 솔기솔기 쌓인 눈 속에
새들은 포근히 잠을 잤지요
수선한 발자국이 묻힐 때까지
처마 밑에 가만히 있었답니다
눈발이 허청으로 들이 치던 날
가난했을 그대는 알았는지요
문 밖에 세워 둔 작은 눈사람
눈 내려 아니 온 뉘 아닌지

바람 불어 외딴집에 갔었습니다
댓잎 끝 토록토록 떨군 햇살이
장독대 허리에서 춤을 췄지요
성깃한 싸릿대가 누울 때까지
담장 아래 가만히 있었답니다
바람이 감꽃을 쓸고 가던 날
고단했을 그대는 알았는지요
문풍지를 떨게 한 어설픈 기침
바람 밀어 아니 온 뉘 아닌지

비가 와 외딴집에 갔었습니다
댓잎에 후두두둑 빗물 쏟아져

황토 빛 비단 강이 흘러갔지요
수묵구름 지붕을 지날 때까지
우산 속에 웅크리고 있었답니다
빗발이 창호지에 젖어 들던 날
연약했을 그대는 알았는지요
문틈을 건너 간 젖은 옷자락
비 내려 아니 온 뒤 아닌지

단풍들어 외딴집에 갔었습니다
대숲 위로 후루후루 기러기 날고
마른 꽃 맨드라미 서 있었지요
어린 새 어미 새가 찾을 때까지
뒷마루에 앉아서 있었답니다
부엌 연기 마당으로 휘어 나온 날
외로웠을 그대는 알았겠지요
문살에 어리던 감빛 그림자
그대 보러 찾아 간 나였음을

문병

간을 잘라낸 친구에게
병문안 갔는데
갖고 있던 미움도
같이 도려냈다며
귀 밑으로 눈물이 흘렀다

분분이 미운 사람
아직 속에 있는데
창밖을 보고 머뭇거리다
친구 손 잡으니
내 뺨에도 눈물 흘렀다

공덕역에서

종착역에 가려면
환승을 할 때가 있다.

단번에 내릴 곳에 가기도 하고
간혹 내릴 역을 지나치기도 하지만
목적지를 잊은 채 갈 때도 있고

반대편에 서서 기다릴 때도 있지만
편히 앉아서만 갈 수도 없고
지은 죄만 놓고 내릴 수도 없지만

종생終生 역에 이르려면
한번은 환승을 해야 한다

그리고 놀뫼

백두산 천지물이 한라산 백록담까지
직진으로 흐르고 동해 호미곶에서
곧장 서해 외연도에 닿으면 만나는 터
여기가 한반도에 단전 놀뫼이더라

옥녀봉 갈물에 치맛자락 적시면
아침바다 갈매기 비단강 거슬러와
끼룩끼룩 슬픈 전설 부리고 가는
강 마을이더라

탑정호에 철새는 날아가고
계백을 따라와 뚝뚝 능소화로 져버린
황산벌엔 별이 떠서 새벽안개 흐르는 산성마다
고운 빛 스러지는 언덕이더라

갓난 애기 손 같은 반야산 기슭
풀물 배인 옷깃에 풍경소리 번지면
아주 잊고 산다던 그대 그리워
헬쑥한 그늘로만 숨어오던 산길이더라

들은 넓고 산은 저 만큼 멀어
어디가나 옹색한 곳이 없는

그리하여 옹색한 마음조차 찬바람이 채가버린
휘휘 걸음마다 선비다운 들길이더라

한반도의 기운이 자리한 시종의 터
맺음으로 슬프고 시작으로 기뻐서
돌아와 샛강에 발을 씻고 계룡산을 베고 누워
가이없이 꿈을 꾸는 사랑채더라

저 외길

오르는 산길
지친 마음 꺼내
물푸레나무 그늘에
쉬게 합니다

걷는 해변
모진 마음 꺼내
밀려가는 파도에
던져 줍니다

저문 들길
헤진 마음 꺼내
구절초 바람에게
들려 보냅니다

눈 쌓인 밤길
죄진 마음 꺼내
달빛어린 대숲에
녹여 줍니다

남은 저 외길,
저녁 노을 속으로
날아 갑니다

목숨

영혼은 죽음에 이르러
빠져나오는 기운이 아니다.
머리와 가슴을 연결하는 통로에서
영혼이 산다

사랑하므로 목숨을 던진다.

인디안들은 말을 타고 달리다가
가끔씩 풀밭에 멈춰 서서
미처 따라오지 못한
영혼을 기다린다고 한다

영혼이 있는 사람은
죽음에 이르러 살아 온 궤적이
영혼으로 부활한다
그리고 지상에서 마지막 기억하는
영혼 속에서 소멸하는 것이다

시적부적 살 일이 아니다
그냥 살 일이 아니다

세월

나이를 먹나보다
따뜻한 계절을 기다리고
육교 아래 모래만 쌓이던 읍내 벗어나
저녁연기 먼 마을, 눈길이 자주 간다
그 마을에 살고 싶어진다
물풀을 흔드는 물살
아래 조약돌을 닮아 가야지
소나무숲, 수덕사 우체국은 가지 않을래
돌아서면 보일까 그대 아니라
내 사랑이, 혼절했던 청춘이 그리워서다
늙어 가고 있나보다
손등에 검버섯 번지고
돌아누운 아내, 둔부가 슬프다
퇴원해서 걷는 길이 아니라
이제 낯익은 거리가 편하다
시시하다고 지나친 것에 미안하다
순한 눈길을 가져야지
애들에게 짐 되지 않게
엉덩이 살은 너무 마르지 않게
엄니만 좋아하는 홍시인 줄 알았는데
가을 길, 그 감이 먹고 싶다
그래 잘 늙어 가야지

해도 옹색해진 그림자 끄시고
춘 탐 많았던 삶, 부리고 갈 것이나
그해 구월이 오면 당신 손 놓고
코스모스 피는 길을
아득히 가고 싶다

설악에 와서

가려진 흰 머리 보았을 때, 마음먹었지
어디서나 충그리지 말고 겸손히 살자고
처진 길 돌거나 풀꽃 옆에 앉을 때도

듬성한 흰 머리 들춰 볼 때, 다짐했지
어딜 가나 낮달이 떠도 조심조심 살겠다고
홀로 차를 타거나 말 건네는 사람과도

성성한 흰 머리 자연스러우면 알겠지
어디 있나 가을 그림자 심성으로 살리라
설악을 마주하든, 언제 죽음이 데려가든

인디안 부메랑

꾼 돈만 빚이겠는가
말빚도 빚이다

보이지 않아 공기의 존재를 모르듯
말빚도 아니 보여서 귀함을 모르고 산다
흔히들 싱겁고 가볍게 말빚을 짓고
대수롭지 않게 여기는 습성 때문이리라
언제 밥 한번 먹자거나
술 한잔하자는 쉬운 인사도 말빚이건만
타인을 비방하고 욕되게 하는 말도
엄중한 말빚임을 성찰해야 한다
여차한 빚은 갚으면 되나
입에 담아버린 험담은
탕감할 길이 없고 오히려 뒷걸음쳐 오는
관성을 지니고 있어 봄에도
영락없이 속살을 에는 추위로 닥친다.
우리 삶의 8할은 말이지 싶다.
그러니 어디서나 누구에게나
잘 말해야 한다.
소슬바람 비켜주고 코스모스 흔들리는데
돈은 되도록 꾸지 말아야 하고
글은 좀 사양할 줄 알며

말은 꽃다발을 건네듯 선물이어야 한다.
말이란 엄마라고 부르는 순간
울 엄마처럼 소중한 까닭이다

뒤를 보면 초승달 닮은
인디안 부메랑이 걸려 있다

청산도

새벽에 깨어
거실로 나와 창문을 연다
남도로 여행을 가려고 일찍 깼나보다
새들은 일러 아니 오고
떨어진 명자꽃잎이
가로등 불빛을 덮고 잔다

붉은 숨소리, 가슴이 술렁이는데
저승 갈 때도 이처럼 설렐 수 있을까
무정한 사색 앞에서
서성이는 왕복의 거리가 짧기만 하다

흐릿한 담장 너머
남은 날은 속절없이 보내면 안 되지
한번 고비사막을 걸어야 하고
안나푸르나 텐트에서 잠을 자야지
몽골초원의 별들도 보고 싶어
회오리 일던 청산도 언덕에서
한량무도 출거야

그러다 그러다가
어느 날 저승사람 찾아와 가자 할 때도

이처럼 설렐 수 있도록

대문까지 깔아놓은 디딤돌이
안개에 젖어 있다

새해를 맞으며

가지런히 살고 싶은 마음, 오늘 뿐이랴
전깃줄 참새들이 가지런히 앉아 있듯이
옥상빨래가 가지런히 널려 있듯이
가지런히 새해를 맞고 싶다
걷는 길이 요철이 심하고
겨울바람은 몸을 가누게 하는데
오르막 골목길을 돌아 나오다
흙먼지가 목덜미로 들어가도 어쩌겠는가
현관문을 열고 수고한 신발을
가지런히 정리해 놓는 것으로 위안을 삼을 수밖에

정갈하게 살고 싶은 마음, 오늘 뿐이랴
수락계곡 갈물이 정갈하게 흘러가듯이
단골집 밑반찬이 정갈하게 놓여 있듯이
정갈하게 새해를 맞고 싶다
뉴스는 맑아질 일 없고
책꽂이엔 먼지만 쌓일 테고
내리막 골목길을 돌아 나오다
흙탕물을 뒤집어 써도 어쩌겠는가
저녁 먹고 편이 쉴 방을
정갈하게 닦는 것으로 위안을 삼을 수밖에

\>

뒤를 보아야 앞으로 나갈 수 있거든
잔설을 덥고 아지랑이 자고 있음을 믿고 있거든
새해는 좀 더 가지런하고
정갈한 마음으로 맞을 수밖에

동창회에서

— 기민중학교

  중학교를 졸업하고 44년 만에 나이 육십이 되어 동창들이 만났다.

  오리걸음에 명랑했던 根이는 수학강사고, 얼굴이 희던 漢이는 미국에 이민가 연방정부 공무원이라는데 시종 흰 이를 드러내며 좋아했다. 몰라본 파마머리 植은 청주 예술학교 장이고, 교육직을 그만 둔 在는 사업을 한다며 재밌다고 했다. 유명제약에 상무인 正은 공을 잘 찼는데 여전히 날렵한 몸매고, 영어책을 몽땅 외웠던 總은 LH지역본부장으로 퇴직해 여유로왔다. 의사가 된 鎭이는 우리 동창 중에 東이가 K방송국 사장이 됐다며 자랑했다

  물정 모르던 젊은 날에는 성공한 친구 소식이 간간이 들려올 때마다 샘이 났는데 지금은 친구들의 입신이 내 일처럼 기쁘다.

  앨범을 갖고 나온 黃친구 덕에 까까머리 모습들이 흑백영화처럼 넘겨졌다. 그리고 여러 술잔이 돌았어도 창밖의 찬 공기가 우리들의 취기를 식히지 못했다.

  우리학교는 읍내 변방인데다 샛강 뚝방 아래에 있었고 소전이 가까워서 장날이면 소가 울고 경운기 지나가는 소리에 공부하기 어려웠다. 운동장이 작아 백 미터를 대각선으로 뛰고 20미터가 모자라 0.2초를 더했고, 월말고사가 끝나면 전교생 성적을 2층 난간에 붙여서 작은 가슴들을 긴장

시켰다.

부적 아오리에서 통근하신 이익배 선생님은 우리를 그 교실로 데려가기 충분했다. 평교사로 퇴직하셨으나 나만 할 수 있는 얘기라며, 니들이 앞으로 살아가면서 세 개의 부리를 조심해야 한다고 강조하셨다.

그때는 몰랐다. 다만 연두 빛 눈동자들은 삼단의 창문을 통해 저마다 꿈을 꾸었다. 세월은 지금 우리가 있는 술집 문이 다치듯 빠르게 흘렀다. 이제 저마다 있을 창문으로 달려온 세월을 바라볼 뿐이다.

우리는 거나해진 몸을 악수로 부축하며 각자의 집으로 귀가했다.

크로키

가뭄 끝 장마
빨래가 쌓인다

장마 끝은 없다 하나
마실 나갈 틈은 주기에
비 구경한다

금방 빗줄기 가늘더니
해가 나온다

눅눅한 옷을 널고
상처도 말린다
다 순간이다

그림자 속 그림자

그림자는
빛의 농도에 따라
무게가 다르고

피사체의 두께에 따라
명암이 다르다

그림자를 보고
실체를 알 수 없어

가만히
그림자 속
그림자를 찾는다

끌리는 사람

엉뚱하게도
낭만을 연구한다는 사람

날씨는 맘대로 못하나
기분은 언제나 좋게 바꾸자고 하는 사람
풀꽃 옆에 풀을 뽑다가 꽃마저 뽑힌다고
그냥 두고 보자는 사람
달빛이 좋아 옥상에 올랐다가
별똥처럼 떨어진 알밤은 덤이 아니겠냐고
기쁘게 말하던 사람
반갑게 만난 길목에서
언제 밥 한번 먹자는 말에
당장 짜장면이나 먹자고 소매를 끄는 사람
밝아서 외로울 거란 생각이 드는 사람

단순하게도
행복을 디자인하는 사람

거울

널
생각해

그럼
행복해져

풀

바람에
풀이 마르고
숲속 거미집엔
숭숭
구멍이 났다

하도 그리워

마른 풀에
넘어지고
거미집에 걸린
바람

나무의사

부러진 가지 붕대로 감싸고
잎이 시들면 주사를 놔주고
상처난 데 연고를 발라줍니다.

아파도 울지 못하는
외롭다고 아무데도 갈 수 없는
비탈에 선 저 나무들

끝내 못 고치는 병이라면
오랫동안 안아 주는
나무 의사가 되고 싶습니다.

저 먼, 아름다운 세상을 본다

권선옥 시인

저 먼, 아름다운 세상을 본다

권선옥 시인

전민호 시인을 만난 것은 30년 전의 일이다. 내가 외처 생활을 정리하고 고향인 논산에 다시 돌아와 살기 시작할 때였다. 시골 생활이라는 게 심심하기 마련이어서 나는 시를 쓰는 사람들을 수소문하여 놀뫼문학회를 창립하였다. 우리는 사흘이 멀다 하고 모여서 늦은 밤까지 문학 이야기로 시간 가는 줄 몰랐다. 이러던 중에 어느 날, 이미 회원으로 참여하고 있던 김명환 시인이 논산시청에 시를 좋아하는 청년이 있다고 하여 데리고 나온 사람이 전민호 시인이었다.

그 역시 서울에서의 생활을 접고 고향으로 돌아왔다고 했다. 상당히 핸섬한 용모에 감성이 예민해 보이는 청년이었다. 그도 곧 우리들처럼 문학에 대한 불길이 타올라 이런저런 일에 동참하였다. 동인지를 낼 때마다 빠지지 않고 작품을 냈고, 문학단체의 사무도 맡아 일 처리도 깔끔하게 해냈다. 그러는 사이에 그는 어느 신문의 신춘문예에 응모하여 최종심에 오르기도 했다. 나는 쾌재를 불렀다. 어엿한 시인이 곧 탄생할 것이란 기대를 했다. 그랬는데 어느 때부터인가 시를 멀리 하는 기색이 보였다. 시장 선거에 출마하신 아버지를 도와 당선시키느라 그러는 것 같았다. 안타까운 일이었으나 그를 나무랄 수도 없는 일이었다.

그 뒤로 그는 직장에 전념하였다. 공무원으로서의 그는 매우 유능한 사람이었다. 기발한 생각으로 많은 일을 하는 그를 지켜보면서 그것 또한 그럴 만한 일이라고 생각하였다. 그가 근무하는 곳마다 새로워지고, 많은 사람들로부터 능력을 인정받았다. 그리고 그는 논산시청의 국장으로 승진하였다. 그리고 나서 그는 나태주 시인의 도움으로 유수 문학지의 추천을 거쳐 시인이 되었다.

시인은 무엇보다 한 사람으로서 온전히 설 수 있어야 한다고 나는 생각한다. 시를 위해서 현실을 외면하는 일은 썩 바람직한 처사가 아니라고 생각한다. 그동안에 그가 시를 쓰지 않는다고 안타까워했었는데, 다 속셈이 있었던 것이다. 전민호 시인이 주어진 일을 미루고 시에 전념하였더라면 진즉에 등단하여 많은 작품을 썼을 것이다. 그러나 나는 이러한 그의 행적에 대하여 전적으로 동의한다.

그런 그가 시집 원고를 보여 주었다. 그간 겉으로 드러나게 시작 활동을 하지 않아서 그렇지 속으로는 시를 아주 멀리 하지 않았다는 증표이다. 나는 매우 기쁜 마음으로 그의 시를 샅샅이 살펴보고 그 소회를 적어보기로 하였다.

1. 적송처럼 멋지게 휘어져야지

　시인마다 그가 즐겨 찾는 시의 세계가 있고 접근 방법도
다르다. 역시 전민호의 시를 읽으면서도 몇 가지의 특성을
찾아볼 수 있었다. 그 가운데 우선적으로 꼽을 수 있는 것
이 육친에 대한 그리움을 통한 가계의식家系意識이다. 이러
한 범주에 속하는 시 가운데에서 가장 중심에 있는 작품이
「쑥」이다.

　　　그저 쉬고 싶은 날
　　　뒷쭉재에 계신 엄마 만나러
　　　그림자 업혀 산소에 간다

　　　잔디 속에 엉켜 있는 솔잎을 긁어
　　　떨구었을 소나무 아래에 붙여 놓는다
　　　빗돌을 만지고 상석을 닦고
　　　이런저런 사연 일러바치느라
　　　오래 절을 하다가
　　　엄마 무덤에 무더기로 난 쑥을 뜯는다
　　　돌아와 한 줌은 쑥국을 끓이고
　　　한 움큼은 청주로 훈증하여 말린다

　　　지쳐 쉬고 싶은 날
　　　쑥차를 끓여 마시는데
　　　저기서,
　　　아부지 손잡고 엄마가 오신다

—「쑥」전문

　세상의 사람들은 생활하다보면 특별한 난관에 봉착하지
않더라도 힘에 겨울 때가 있다. 세상사에 지쳐 자신의 힘만
으로는 헤어나기 힘든 상황, 누군가에게서 위안을 받아 생
활의 동력을 회복하고 싶을 때가 있다. 사람에 따라서 다르
겠지만, 가장 일반적인 양상은 종교적인 절대자에게 의지
하는 것이다. 그러나 전민호 시인의 선택은 이미 오래 전에
세상을 떠나 '뒷쭉재'에 묻혀 있는 어머니이다. 어머니는 살
아계실 때에 그랬던 것처럼 가장 강력한 힘을 발휘한다. 그
래서 시인은 어머니가 묻혀 있는 '뒷쭉재'로 향한다. 저승의
어머니는 그림자로 시인에게 다가와서 시인을 인도한다.
　'뒷쭉재'에서 시인은 잔디 사이에 흩어져 있는 솔잎을 긁
어 소나무에 붙여 놓는 행위를 통하여 어머니와 상봉한다.
시인은 생시의 어머니를 만난 듯이, 어머니의 육신인 양 빗
돌을 어루만지고 어머니의 몸을 닦아 드리듯이 상석을 닦
는다. 그리고 자신이 처해 있는 여러 일들을 일러바치고 오
래 절을 한다. 이런 과정을 통해서 어머니로부터 위안을 받
고 생의 원기를 회복하게 된다. '뒷쭉재'는 이승의 시인과
저승의 어머니가 재회하는 공간이자 시인이 상처를 회복하
는 치유의 공간이다.
　명계에 계시는 어머니와의 재회를 통해 상처를 극복한 시
인은 어머니의 무덤에 무더기로 난 쑥을 뜯어 가지고 다시
현실로 돌아온다. 이 쑥은 시인이 또다시 지쳐 있을 때에 쑥
차를 끓여 마심으로써 어머니(부모)와 재회하게 하는 매개
체가 된다.

담장 너머
자귀꽃처럼 서 계시던 엄마
— 「자귀꽃」 부분

수년 전
고을을 살피실 제
심고 가신 아버지가
꽃으로 오셨다
— 「봄날의 서사」 부분

　자귀꽃을 보면서 자귀꽃 같았던 어머니를 떠올리고, 아버지가 공직생활 중에 심으신 벚꽃을 보면서 아버지를 만난다. 시인은 생전의 부모와 관련이 있는 사물을 마주할 때뿐만이 아니라 평범한 일상 속에서 문득문득 부모(혈육)와 재회한다. 이렇듯 빈번하게 부모와 조우하는 원인은 어디에 있을까. 이러한 의문에 대한 해답은 아래의 시에 극명하게 드러난다.

에미야
젖은 옷 입지 마라
그래야 누명 안 쓰고 산다

에미야
부뚜막은 물기가 없어야 한다
그래야 빚 안 지고 산다

에미야
행주는 꼭 짜서 말리거라
그래야 애비가
술에 젖어 들어오지 않는다
— 「말씀」 전문

니 손은 털 손이고
내 손은 약손,
어릴 적 아픈 배를 쓸어주던 어머니

아프다는
너의 배를 쓸어주며 왼다
내 손이 약손이다
내 손이 약손이다
— 「약손」 전문

「말씀」에서의 어머니는 노심초사 아들을 걱정하는 어머
니로서의 모습이다. 살아생전의 어머니는 혹여나 자식들
이 누명을 쓰거나 빚을 질까봐 염려하셨고, 아들이 술에 젖
을까봐 걱정하셨다. 이러한 염려는 비단 시인 어머니만의
모습이 아니고 일반적인 어머니의 모습이랄 수 있다. 그럼
에도 시인은 어머니의 염려를 엄중하게 받아들여서 생생한
'말씀'으로 기억하고 있다. 이 '말씀'은 어머니의 '말씀'일 뿐
만 아니라 어머니의 친어머니가 하신 '말씀'이고, 어머니의
시어머니의 '말씀'이기도 하다. 이 '말씀'은 그의 집안에 대
대로 전해 내려오는 '말씀'인 것이다. 그래서 '말씀'은 시인

의 삶에서 푯대가 되고, 동력의 원천이 되기도 한다.

「약손」 역시 이와 궤를 같이 하고 있다. 어릴 적의 시인에게 어머니의 손이 신통력을 발휘하는 '약손'이었던 것처럼 시인의 손은 다시 그의 아이에게 '약손'인 것이다. 시인의 유년을 적셨던 토광 냄새는 그대로 셋째 딸이 이어받고 있다(「토광」). 「겨울냉면」에서도 마찬가지로, 아버지가 냉면을 드시다가 헛구역질을 하셨을 때에 '지은이'가 "할아버지 저두요/ 가끔 냉면 먹을 때 헛구역질이 나요"라고 한 말은 할아버지를 위로하기 위해서 임기응변으로 없는 말을 지어서 한 말이 아니다. 시인도 냉면을 먹다가 헛구역질을 했던 경험이 있을 테고, 그 생리 현상은 '지은이'에게도 그대로 전해지고 있는 것이다. 그래서 시인은 "목젖 근처를 매운바람이 지나갔다"고 술회하는 것이다.

전민호는 시에서 가족들이 하는 여러 행동들을 기술하고 있다. 다양한 행동들이 보이는 공통성은 그것이 한 개인에게서만 나타나는 것이 아니라 그 행동을 가족들이 공유하고 있다는 점이다. 대대로 전해 오는 '말씀'을 통해서, 때로는 토광 냄새나 헛구역질을 통해서 가족이 가지는 끈끈한 혈연을 강조하고 있다. 그러한 행동들은 의식을 형성하여 그의 혈관 속에 녹아 흘러 그의 가계에 깊이 뿌리 내리고 있는 것으로 그의 가족사를 관통하고 있다. 이를 통하여 가족이란 무엇인가를 다시 깊이 생각하게 한다. 가계란 피를 나눈 사람들이 형성하고 있는 것이어서 의식도 공유한다는 것을, 그것의 소중함을 역설하고 있다. 이러한 의식의 형성 배경은 그의 일족들이 가지고 있는 명문가로서의 자긍심과 상당한 관련이 있다고 본다.

그러한 자긍심은 그의 의식 근저에 근착根着하고 있다. 곶감을 먹다가 씨가 여러 개가 나왔을 때에 "문득 고목일수록/ 씨가 많다던 할머니 생각"을 하기도 하고, "열리지 않는 은행나무 밑둥"에 톱질을 하시던 아버지를 떠올리며 "어둔 밤 산행"을 하다가 "벼랑 끝 위태로운 사랑"(「알겠습디다」)을 느끼기도 한다. 그래서 그는 마침내 "청빈하게/ 늘 겸손하게/ 뭐든 당당해야지// 벽송사 저 적송처럼/ 멋지게 휘어져야지"(「적송」)라고 다짐한다.

2. 하나도 가는 줄기 꺾지 않았네

하나의 사물을 두고서 느끼는 감정은 사람마다 제각각 다르다. 우리가 사물을 있는 그대로 보기란 불가능에 가까운 일이다. 귀를 통해서 마음으로 듣는 것과 마찬가지로 눈을 통해서도 마음으로 본다. 그러므로 "글을 잘 쓰기도 어렵지만, 남의 글을 잘 읽기는 더욱 어렵다."는 옛 말은 예삿말이 아니다. 우리 생활 속의 사소한 일도 그럴진대 자연을 보는데에 있어서는 말해 무엇하겠는가.

새들도 좋은가 보다

논 건너 대숲에서 새소리 요란하다

그렇구나
나무들도 좋아서
눈을 털지 않는구나

—「눈 내린 아침」 전문

하나의 사물을 멀리서 관조하는 것과 그 사물이 나의 생활 속에 밀접하게 존재하며 작용할 때는 그에 대한 인식이 전혀 다르다. 폭설이 내렸을 때에 세상은 교통 대란이 벌어지기도 하여 눈은 아름다운 결정이 아니라 제거의 대상이 된다. 마찬가지로 설해목에게도 눈은 폭력적인 가해자일 뿐이다.

시인은 눈이 내린 아침에 새들이 대숲에서 요란하게 지저귀는 것이나 나무 위에 쌓인 눈을 나무가 좋아서 눈을 털지 않았다고 기술하고 있다. 이러한 관점을 자연에 대한 몰이해로 타박할 수 없다. 시인은 여기서 눈과 새가, 눈과 나무가 대립적인 관계에 있지 아니하고 서로 화해하여 조화를 이루고 있다는 시각에서 접근하고 있기 때문이다. 여기에는 자기중심의 세계관에서 벗어나 천하 만물이 공생공존하여야 한다는 인식이 바탕에 깔려 있다.

오늘날 많은 사람들이 세상이 팍팍하다고 말한다. 그러나 정작 그 개선에 나서는 움직임은 없이 더욱 가중화, 가속화하는 행위를 예사로 하고 있지 않은가. 이러한 세태에 대해 온건하게 반성을 촉구하고 있다.

저만치 수루수루
풀잎 흔들려

가까이 다가가자
참새 한 무리

풀씨 밥 쪼아 먹고
날아가거니

어쩌랴 강아지풀
풀섶을 보매

하나도 가는 줄기
꺾지 않았네
　　　—「강아지풀」 전문

　대상에 대한 세밀한 관찰과 절제된 언어로 구성되어 있는 「강아지풀」은 전민호의 시 가운데 단연 수작이라고 생각한다. 이 시가 두드러져 보인다는 말은 문학적인 성취에서도 그렇지만 시를 통해서 아름다운 하나의 세계를 구현하고 있기 때문이다.

　풀잎이 수루수루 흔들리는 것을 보고 시인이 다가가는 것, 참새들이 먹이를 두고서도 시인에게 자리를 양보하고 날아가는 것, 참새들이 강아지풀 풀씨를 쪼아 먹었는데도 가는 줄기 하나도 꺾지 않은 것, 이 모두에서 지극히 아름다운 삶의 질서를 통한 조화를 엿볼 수 있다. 이보다 더 아름다운 세계를 어떻게 설정하겠는가.

　이런 계열의 작품 가운데에서 또 하나의 수작을 꼽는다면 「득음」을 들 수 있다.

비바람

천둥소리에

휘청이는
대숲 속을
새소리가 관통한다

뒷곁에서
웃는지 우는건지

절창이다
―「득음」 부분

비바람에 천둥소리가 요란했던 시간은 아마도 밤이었을
것이다. 어둠 속에서 지축을 흔들던 천둥소리가 마침내 멎
자 이윽고 새들은 노래를 시작한다. 그것은 웃는 것 같기도
하고 우는 것 같기도 하다. 그러나 여기서 그것의 정체가 웃
음인지 울음인지를 구별하고자 하는 것은 어리석은 일이
다. 그것은 오직 '절창'일 뿐이다.

이는 시인의 자연에 대한 찬탄이며 경외감의 표현이다.
오랜 통찰과 깊은 사유를 통해서만이 가지게 되는 깨달음
이다. 자연의 섭리보다 더 절묘한 것이 어디 있는가. 다만
우리가 그를 함부로 대하고 그의 위대함을 평가절하하고
있을 뿐이다. 그로 인한 많은 부작용을 겪으면서도 멈출 줄
모르는 인간의 폭주에 대하여 시인은 깊은 성찰과 외경을
촉구하고 있다.

3. 가슴에 박힌 대못쯤이야

이쯤에서 나는 전민호의 시에 드러난 결여에 대하여 주목하고자 한다. 결여는 어느 시대나 어느 사회를 막론하고 인간에게 가장 극심하게 작용하는 문제이다. 인간은 결여를 느낌으로써 그를 타개하고자 하는 노력을 했고, 그것이 발전의 동력이 되었다.

한 개인에 있어서도 결여의식은 새로운 세계에 대한 갈망으로 나타난다. 그 공허를 채우기 위해서 시인은 다각적인 노력을 기울인다.

> 흔들리는
> 불을 켜고
> 네게로 간다
> 문 앞에서
> 너를 불러
> 담장보다 낮게
> 웃어 주고는
> 두근두근
> 불을 끄고
> 집으로 온다
> ─「어린 사랑」 전문

먼저 시인은 겸허한 자세로 대상에 접근하고 있다. 대상을 인식하고 그를 찾아가는 첫걸음이 설렘으로 가득하다. 그래서 그에게로 가는 '불'이 흔들리고 있다. 여기서 '흔들리는' 것은 의지나 확신이 부족한 데서 기인하는 것이 아니라 의지와 확신이 충일하기 때문에 오는 흔들림이다. 그것은 "두근두근/ 불을 끄고/ 집으로 돌아온다"에서 확인할 수 있다. 상대에게 특정 행위를 하지 않고 다만 웃어주는 행위만으로도 충분히 자신의 결여가 극복된다는 확신이 바탕에 깔려 있다.

전민호 시인의 시에서 단연 돋보이는 것은 언어를 극도로 절제하고 있다는 점인데, 이 시도 그러한 예가 될 것이다. 그는 상당히 예민한 감성을 빈번하게 드러내고 있지만 감정에 탐닉하지 않고 감정의 노출을 지극히 절제하고 있다. 이 시를 읽으면 마치 한 폭의 동양화를 보는 듯하다. 그 여백에서 무한히 많은 사물을 볼 수 있는 것처럼 이 시 또한 '웃어 주고는'이라는 말에서 일일이 열거하지 않은 무수히 많은 언행과 인식을 읽을 수 있다.

> 못만 못하랴
> 못 하나가 천 근을 버틴다는데
> 가슴에 박힌 대못쯤이야
> 녹슬 때까지
> 견디는 거다
> 이기는 거다
> ─「못」전문

부조리한 상황에서 그가 그를 극복하는 방안으로 선택하는 것이 묵묵히 인고의 자세를 견지하는 것이다. 작은 "못 하나가 천 근을 버틴다는데"라는 진술은 그의 의식이 매우 견고하다는 것을 단적으로 나타나는 말이다. 못은 흙어져 있던 것들을 하나로 모아 건축자가 의도하는 건물을 형성하게 하고, 모진 비바람과 세월 속에서도 그 원형을 오래오래 지탱해 준다.

사람이 사람답게 살아가기 위해서도 몇 개의 못이 필요하다. 가치관이 급변하여 어제의 윤리와 도덕이 고리타분한 구사상으로 매도, 질타당하는 세태에서는 더욱 그렇다. 일그러진 것들을 회복하여 신념을 지키고자 하는 사람일수록 더 많은 못이 필요한 시대 속에서 우리는 살고 있다. "못하나가 천 근을 버틴다"는 진술에는 아무리 가치가 전도된 세상이라 할지라도 그에 영합하지 않겠다는 의지가 강하게 나타나 있다.

그러나 '못'은 언제나 박혀야 할 곳에 박혀서 긍정적 힘으로만 작용하지 않는다. 때로 못이 가슴에 박히기도 한다. 그 못은 그리 쉽게 제거되지 않는다. 때로 그 못은 영원히 제거되지 않을 것처럼 깊이 박혀 있기도 하다. 그러나 시인은 못을 빼내겠다는 의지를 포기하지 않는다.

자신이 그 못에 대한 부정적 인식을 가지고 조급해 하지 않고 묵묵히 견딘다면 언젠가는 녹이 슬어 빠지고 말리라는 강한 확신을 가지고 있다. "속/ 썩으면/ 진다고// 경계에 있어야/ 자유롭다고// 근심걱정/ 내려놓으니// 아침/ 새소리가// 들린다"(「해탈」)는 시 또한 같은 맥락에서 이해할 수 있다. 그러한 신념을 견지하고 살아가는 그는 마침내 인고의 시간을 극복한 자만이 누릴 수 있는 기쁨, 안분지족의 경지에서만 향유할 수 있는 열락의 경지에 도달하게 되리라.

그렇다. 그는 분명 거기에 도달할 것이다. 지금 그는 멀리 그 세상을 내다보고 있다.

널,
사랑하니
내 안에 꽃이 펴

동백보다
붉은
꽃
— 「동백」 전문

전민호

전민호 시인은 충남 논산에서 태어났다. 은진초와 기민중, 논산고등학교
를 나와 중경공업전문대 건축학과, 건양대 행정학과, 충남대 행정대학원
석사과정을 졸업했다. 1985년 서울시 공무원으로 강동구청에 다니다 부
친의 부름을 받고 1989년 논산으로 전입해 현재 동고동락 국장으로 일하
고 있다. 놀뫼문학 회원과 논산문협 사무국장으로 활동했다. 2018년 계
간시전문지『애지愛知』여름호에「외딴집」외 4편이 나태주 시인의 추천으
로 문단에 등단했다.
전민호 시인의 첫 번째 시집인『아득하다, 그대 눈썹』은 한국의 전통서정
에 기초해 있으며, 유교적인 선비정신과 전통서정의 시인정신을 절묘하
게 변주해나고 있다고 할 수가 있다. 득음의 경지이고 해탈이고, 절창이라
고 할 수가 있다.

이메일 : rolmoe21@korea.kr

전민호 시집

아득하다, 그대 눈썹

발   행   2019년 12월 2일
지 은 이   전민호
펴 낸 이   반송림
편집디자인 김지호
펴 낸 곳   도서출판 지혜 • 계간시전문지 애지
기획위원   반경환 이형권
주   소   34624 대전광역시 동구 태전로 57, 2층 도서출판 지혜 (삼성동)
전   화   042-625-1140
팩   스   042-627-1140
전자우편   ejisarang@hanmail.net
애지카페   cafe.daum.net/ejiliterature

ISBN : 979-11-5728-379-8 03810
값 10,000원